…ÈQUE POPULAIRE.

LES PRODIGES DU HASARD,

COMÉDIE-VAUDEVILLE EN DEUX ACTES.

MAISON DES ORPHELINS,

Allées des Noyers, 26.

—

BORDEAUX.

1850.

PERSONNAGES.

GÉRONTE.
LÉANDRE, son fils.
VALÈRE, officier.
L'OLIVE, domestique.

Bordeaux. Imprimerie de H. FAYE, rue Ste-Catherine, 139.

LES PRODIGES DU HASARD,

comédie-vaudeville.

(Le théâtre représente un salon).

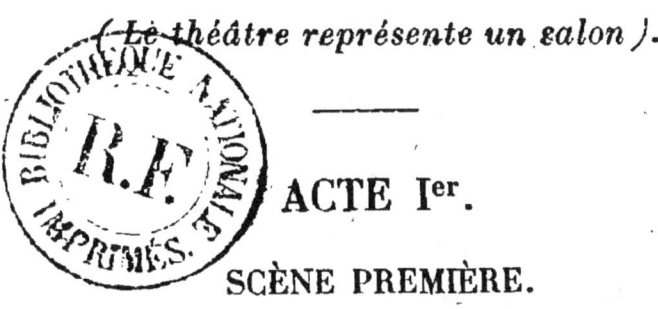

ACTE Ier.

SCÈNE PREMIÈRE.

L'OLIVE, *seul, s'occupe à nettoyer le salon.*

Ah! Marthe, ma bieille Marthe! tu t'es bien négligée depuis quauques jours..... Que d'iraignées, bon Dieu! que d'iraignées!.... Là, là, comme c'est sale! et ces chaises, combien y a qu'elles n'ont pas été éprouvées?..... Depuis que Marthe a pris une fluxion de poitrine, je fais tout, je suis à tout; y faut encore que je cire les bottes de M. Léandre avant qu'il rebienne du bal; le drôle a toujours un pied en l'air. Ah! si j'étais M. Géronte, comme je te lui donnerais du fil à retordre!

AIR :

Tandis qu'au château d'on sommeille,
Au bal monsieur Léandre veille ;
Il court la nuit comme les chats,
Pauvres papas! pauvres papas!

Mais, chut! j'entends du bruit ; c'est lui, peut-être. *(Il se dirige du côté de la porte.)*

Scène IIe.

VALÈRE, officier ; L'OLIVE.

VALÈRE.

Pourrait-on voir M. Géronte?

L'OLIVE.

Non, monsieur n'est pas encore levé.

VALÈRE.

Mais dites-lui que c'est un de ses anciens amis, que c'est Valère.

L'OLIVE.

Ah! j'y bais alors. *(Il sort.)*

Scène IIIe.

VALÈRE seul.

Assurément, Géronte ne s'attend pas à me

voir. Nous étions unis dans notre jeunesse par une amitié si tendre, qu'il éprouvera, j'en suis sûr, une bien grande joie ; je m'en fais une fête !

Scène IVᵉ.

GÉRONTE, VALÈRE.

GÉRONTE, *avec transport.*

Cher Valère, est-ce bien toi !

VALÈRE.

Qu'il est doux de se revoir après une si longue absence !

GÉRONTE.

Après s'être tant aimés ! Oh ! quelle joie tu me procures ! Prends ce siége, cher ami !

VALÈRE.

Je te remercie.

GÉRONTE.

Assurément, je ne m'attendais pas à un semblable plaisir. Depuis que nous sommes séparés, tu as fait plusieurs campagnes, et, insatiable de gloire comme je te connais, tu viens, sans doute, de cueillir des lauriers en Espagne ?

VALÈRE.

Oui, et tu verras, par ce que je vais te dire, combien était vif le désir que j'avais de me rendre auprès de toi. Hier, à neuf heures du soir, j'ai laissé mon régiment à Épernay, et d'Épernay à Commercy, on compte bien vingt-cinq lieues de poste ; je suis donc allé toute le nuit comme un postillon ; les chemins sont heureusement fort beaux.

GÉRONTE.

Oh ! que tu es aimable, cher Valère ! Je te tiens bien compte de ton amitié.

VALÈRE, *en s'inclinant*.

Je n'ai pas cru me rendre indiscret en venant passer quelques jours avec toi.

GÉRONTE.

Peux-tu dire ? tu dois connaître mes sentiments !.... Mais, voyons, parle-moi de ta campagne ? Avant de rien t'offrir, je veux que tu m'en dises un mot. Je bénis Dieu de ce qu'il a bien voulu épargner tes jours.

VALÈRE.

Un instant, si tu veux ; il me sera doux de retarder le moment où je prendrai quelque chose, pour savoir des nouvelles de ta famille; comment se portent ton épouse, tes enfants?

GÉRONTE.

Bien, très-bien.

VALÈRE.

Ton fils te donne de la satisfaction, sans doute? Il était bien jeune lorsque je suis parti.

GÉRONTE, *en hésitant.*

Dieu merci, nous jouissons tous d'une santé parfaite; mes filles font la consolation de ma vieillesse.

VALÈRE.

Mais, ton fils..,.

GÉRONTE, *en hésitant.*

Il se porte fort bien aussi.

VALÈRE.

Mais ce n'est pas encore ce que je te demande. En es-tu satisfait? est-il vertueux? ne crains pas de me répondre.

GÉRONTE.

Hélas! mon fils!

VALÈRE.

Quoi! je n'appréhende que trop ta réponse.

GÉRONTE.

Mon fils est perdu!

VALÈRE.

Perdu!

GÉRONTE.

Oui, perdu : les plaisirs du monde ont séduit
son cœur.... Il se couvre chaque jour d'une nou-
velle honte.... Il semble n'exister que pour rendre ma vieillesse malheureuse.... Léandre, que
j'aimais tant, me refuse un bien juste retour; il
a oublié les soins que j'ai pris de son enfance et
les immenses sacrifices que j'ai faits pour lui.....
Il m'aimait autrefois; mais à présent il me dé-
teste, il fuit ma présence; elle est pour lui un continuel reproche..... Qu'il y a longtemps, hélas!
que je ne l'ai pressé sur mon cœur! Les larmes
qu'il me fait verser, les peines qu'il me cause,
ajoutent, chaque jour, quelques cheveux blancs
à ma tête. Rien ne le touche, rien ne l'ébranle;
il méprise instances, prières, conseils; froidement il me voit répandre les larmes les plus
amères.

AIR :

Séduit par un monde perfide,
Il cède à ses attraits trompeurs;
Il vit sans morale et sans guide } *Bis.*
Plongé dans de tristes erreurs. }

Mes jours coulent dans l'amertume,
Je passe les nuits dans les pleurs;
Plus en soupirs je me consume, } *Bis.*
Plus je sens croître mes douleurs. }

Je bénis le ciel, cher Valère, de t'avoir donné la pensée de venir passer quelques jours avec moi; il me sera bien doux de te confier mes peines; la part que je t'y verrai prendre soulagera mon cœur.

VALÈRE.

O Géronte! un fils ne nous est-il donc donné que pour nous rendre malheureux! Je partage bien ta douleur, et elle m'est d'autant plus sensible, que je m'attendais à voir régner au sein de ta famille la paix et le bonheur.

GÉRONTE.

La paix!.... le bonheur!... hélas! je peux marquer l'instant où je cessai de goûter leurs charmes, moment fatal, où les conseils d'un perfide ami détruisirent le bel ouvrage que j'avais si heureusement commencé, où, en perdant l'honneur et l'innocence, Léandre fit entrer dans ma famille la honte ét la douleur. O Valère! tu gémis, je le vois, sur le sort de ton malheureux ami; mais juge encore par ce que je vais te dire de la grandeur de mes regrets...., Elevé sous mes yeux, guidé par les conseils les plus tendres, Léandre correspondait à mes soins, la nature l'avait doué d'un bon naturel, d'un esprit juste, d'une intelligence rare, la sagesse avait devancé son âge; en le voyant, les illusions les plus douces venaient flatter mes esprits; je fondais sur mon fils toutes mes espérances, je croyais voir en lui le plus ferme appui de ma vieillesse, et dans un moment....

AIR :

Un torrent venu des montagnes
A renversé mon arbrisseau;
L'épouvante est dans le hameau,
L'effroi règne dans nos campagnes.

Comme cet arbrisseau si tendre,
Je l'ai perdu, ce fils chéri;
Les conseils d'un perfide ami
Ont fait pour moi mourir Léandre.

(Avec chaleur) : Oui, mourir ; car Léandre n'est plus pour moi, et la mort, exerçant toute sa rigueur, n'a jamais causé plus de deuil, plus de regrets, n'a jamais fait répandre plus de larmes, que le continuel spectacle des égarements de mon fils.

VALÈRE.

L'étonnement où je suis, la douleur que je ressens au récit que tu me fais de tes peines, me mettent dans une sorte d'impossibilité de t'adresser quelques paroles de consolation. Mais, cependant, ne pourrait-on pas tenter auprès de Léandre quelques moyens, faire quelques efforts ? il ne me connaît pas, la voix d'un étranger pourrait peut-être....

GÉRONTE *l'interrompant.*

Je suis sensible à ton zèle, cher ami ; mais je crains que tes efforts soient bien impuissants. Il a vingt ans ; son orgueil, l'endurcissement de son cœur, son arrogance, les passions qui le tiennent enchaîné, les vices auxquels il s'adonne, que d'obstacles ! La lecture des romans, des philosophes, l'ont fait donner dans les préjugés les plus absurdes. Le croirais-tu ? il ose quelquefois me soutenir, avec une effronterie et une hardiesse incroyables, qu'il n'y a point de Dieu, que tout meurt avec nous, que le monde est l'ouvrage du hasard.

VALÈRE, *avec ironie.*

Point de Dieu! point d'âme! le monde formé par le hasard?

AIR :

Le hasard, ô quelle chimère !
O quels absurdes préjugés !
Quoi ! le ciel, la mer et la terre
Seraient par le hasard formés ?

Comment un homme raisonnable,
Peut-il regarder comme auteur
De ce chef-d'œuvre inimitable
Le hasard! ô la sotte erreur !

Mais, il me vient une pensée : puisqu'il paraît si entiché de son système du hasard, c'est précisément sur ce chapitre-là que je vais l'entreprendre. Veux-tu, Géronte, me faire faire sa connaissance, et lorsque nous aurons été un moment ensemble, trouve un prétexte pour sortir.

GÉRONTE.

Bien, tout comme tu voudras; j'ai entendu du

bruit, il est sans doute levé. *(Géronte tire la sonnette.)*

VALÈRE, *sortant sa montre en souriant.*

Mais il est bien temps, je crois, car il est sept heures.

L'OLIVE, *d'un air empressé.*

Que veut Monsieur ?

GÉRONTE.

Va prier monsieur Léandre de passer dans le salon le plus tôt possible.

L'OLIVE.

J'y bais tout de suite. *(En ouvrant la porte, il aperçoit Léandre.)* Ah ! le voici. *(Il sort.)*

Scène V^e.

LÉANDRE, GÉRONTE, VALÈRE.

LÉANDRE.

Bonjour, mon père. — *A Valère :* Monsieur l'officier, je vous offre mes devoirs.

GÉRONTE.

Valère, je te présente mon fils.

VALÈRE.

J'ai beaucoup de joie, Monsieur, de faire la connaissance du fils de mon meilleur ami.

LÉANDRE.

Mon plaisir n'est pas moins grand, Monsieur, les amis de mon père sont les miens.

GÉRONTE.

Il me semble, mon cher Léandre, que tu t'es retiré bien tard ; car je me suis endormi sans avoir entendu ouvrir les portes du château.

LÉANDRE.

Dites plutôt très à bonne heure, car j'arrive à présent.

GÉRONTE.

Tu auras donc passé la nuit......

LÉANDRE *l'interrompant.*

Au bal ; oui, mon père.

GÉRONTE *(à part).*

Il faut que je sorte pour cacher ma douleur. *(Haut à Léandre.)* Mon fils, je vais faire préparer le déjeuner ; je te charge d'entretenir mon ami. *(Il sort.)*

LÉANDRE.

Vous pouvez y compter.

Scène VIe.

LÉANDRE , VALÈRE.

LÉANDRE.

Mon père ne semblait–il pas me chercher une querelle de normand pour avoir passé la nuit au bal?

VALÈRE.

Bah ! c'est bagatelle ; et ces sortes de plaisirs conviennent fort bien à votre âge.

LÉANDRE.

Je vois bien, Monsieur l'officier, que vous êtes un homme de bon sens, et que, comme moi, vous désapprouvez la sagesse outrée de mon père. Vouloir me priver d'aller au bal, ne serait-ce pas étrange à mon âge? N'est–il pas vrai que :

AIR :

Dans le carnaval
Les plaisirs du bal
Sont remplis de charmes ;
La danse et le vin
Dissipent soudain
Toutes mes alarmes.
Je livre des combats sanglants
Aux ennemis de la folie,
Et, pour bien jouir de la vie,
Je suis d'accord avec les bons vivants.

VALÈRE.

Fort bien, Monsieur Léandre ; il est dommage que, comme moi, vous n'ayez pas embrassé la carrière des armes, vous auriez égayé tout un régiment.

LÉANDRE.

Cette profession ne m'eût pas déplu ; mais mon vieux père redoutait pour moi les écueils auxquels les militaires sont, dit-il, exposés. Mais aussi je prends ma revanche, et je fais peut-être pis qu'un militaire.

VALÈRE.

Allons, bravo!

LÉANDRE.

Que ne m'a-t-il pas dit contre les duels, contre cette manière distinguée de venger une injure, où la valeur se prouve, où l'âme se montre dans toute sa noblesse. Tolérer froidement une insulte, quelle bassesse! quelle lâcheté! c'est être sans sentiment, sans cœur! et, à mon avis, il n'y a qu'un automate ou un sot qui puisse agir de la sorte.

VALÈRE.

Vous parlez à merveille. Je suis dans une sorte d'admiration. Oui, tels doivent être les sentiments d'un brave; car la vie n'est-elle pas un fardeau bien pesant, lorsqu'on la coule avec la honteuse réputation d'avoir reçu une insulte? Ne vaudrait-il pas mieux mourir cent fois? car, après tout, lorsque nous sommes morts, c'en est fait; et, jetés sur la terre par le hasard, nous ne faisons que rentrer dans son sein.

LÉANDRE.

Je vois avec plaisir, Monsieur l'officier, la conformité des sentiments qui nous animent; vous paraissez les avoir puisés à la même source que moi.

VALÈRRE.

Oui, sans doute. Je me suis particulièrement adonné à la lecture des philosophes, et, éclairé par leurs raisonnements sublimes, j'ai appris à connaitre la véritable origine de toute chose, la destination des facultés de l'homme et l'entière liberté qui doit présider à ses actions.

LÉANDRE.

Vous avez lu, je n'en doute pas, Lucrèce, le Livre de l'esprit, le Dictionnaire philosophique, et Spinosa!

VALÈRE.

Assurément, je les sais par cœur; j'ai lu tous les hommes célèbres, et la nature d'ailleurs ne m'a-t-elle pas assez parlé? Mais Spinosa, par exemple! comme il raconte merveilleusement la mystérieuse formation du monde par les atomes.

LÉANDRE.

Ah! dites-m'en donc un mot; car j'ai besoin de me le retracer à l'esprit.

Valère.

Avec plaisir, je m'engage à vous en apprendre sur cet article; nous allons voir dans un moment: je vais vous entretenir d'une infinité de choses qui vont vous étonner, vous surprendre; oh! comme vous allez apprécier les admirables effets du hasard! Mais voyons d'abord la formation du monde. *(Il prend un ton grave et noble.)* La matière existait de toute éternité dans l'immensité de l'espace, les atomes en occupaient toutes les parties et la tenaient dans un continuel mouvement : ce mouvement n'était autre chose que des épreuves dont le hasard produisait les effets, et de ces épreuves, très-souvent répétées, en est résulté le monde et tous les êtres vivants qui l'habitent.

Léandre.

C'est cela même; mais croyez que je n'avais besoin que de m'en rafraîchir la mémoire.

Valère, *continuant.*

Puisque cela vous revient, je vais, mon fils (il me sera doux de vous nommer ainsi), je vais, dis-je, vous faire examiner les merveilles que le hasard a produites, et les offrir à votre admiration. Sortons, si vous le voulez ; nous causerons plus à notre aise ; allons un peu dans la campagne. *(Ils sortent.)*

Fin du premier Acte.

ACTE II.

—

Scène première et dernière,

LÉANDRE, VALÈRE.

LÉANDRE.

Quel beau jour !

VALÈRE.

Le hasard ne pouvait nous en donner un plus beau !

LÉANDRE.

Pas un nuage !

VALÈRE.

L'astre brillant qui nous éclaire s'est paré de ses rayons les plus radieux ; ô mon fils ! quel merveilleux ouvrage du hasard !

LÉANDRE.

Plus on le considère, plus on est dans l'admiration.

VALÈRE.

Comme le hasard a tout fait pour le bonheur de l'homme! il semble lui dire : Tu es sur la terre pour jouir à ton gré de tous les plaisirs que je l'offre; c'est là ton empire, c'est à lui que tu dois attacher ton cœur.

LÉANDRE.

A mon avis, le spectacle de la nuit ne le cède guère à celui du jour.

VALÈRE.

Oui, sans doute; ce sont deux rivaux qui, tous les deux, enfantés par le hasard, semblent disputer entre eux pour nous procurer plus de jouissances. Mais de ces étonnants ouvrages du hasard, qui d'eux-mêmes commandent l'admiration, passons à des objets non moins admirables. Voyez, considérez cet arbre, examinez-en le tronc, les branches, les feuilles; c'est le hasard qui a produit tout cela!

LÉANDRE, *avec étonnement.*

Oui....c'est vrai.

VALÈRE.

Comme le hasard a merveilleusement disposé

cette écorce, comme un bouclier impénétrable qui garantit le cœur de l'arbre contre les intempéries des saisons!

LÉANDRE, *avec embarras.*

Mais, oui.

VALÈRE.

Mais, passons aux feuilles, ô mon fils! ne soyez pas insensible devant ces admirables produits du hasard. Voyez comme la dernière feuille est également alimentée par les sucs de la terre; le hasard a sagement ménagé des canaux qui vont porter à chacune les sucs qui lui sont nécessaires.

LÉANDRE, *interdit.*

Oui.

VALÈRE.

Vous avez sans doute été témoin quelquefois des admirables travaux des abeilles, de l'union, de l'accord qui règne dans leur petite république, de la vigilance avec laquelle elles vont puiser dans le calice des fleurs les sucs qui leur sont propres Quel instinct que le hasard leur a réparti! O ha-

sard, je te révère comme auteur de ces étonnan-
tes mérveilles!

LÉANDRE, *déconcerté, en interrompant.*

Oui, je les ai vus quelquefois.

VALÈRE.

Et ce champ de blé, c'est encore le hasard qui
l'a fait naître, mûrir; c'est lui qui a si fortement
uni entre eux ces grains si légers, desquels nous
tirons notre subsistance; aussi c'est en vain que
les vents se déchaînent, les épis baissent légère-
ment la tête, et rendent leurs efforts impuissants;
mais, non content d'avoir fourni à l'homme des
moyens d'existence, d'avoir pourvu à tous ses
besoins, il a encore songé à réjouir ses regards.
Considérez ces violettes, cette prairie émaillée de
fleurs; l'œil se promène avec plaisir sur ce riant
espace; c'est le hasard qui a produit tout cela;
quelle harmonie dans ses effets! comme il a eu
soin de diversifier les plantes, les fleurs! et cependant un ordre admirable règne encore dans
cette variété: ces fleurs sont, chacune, confor-
mes à l'espèce dans laquelle le hasard les a classées. O l'étonnant spectacle! n'est-il pas vrai, mon
fils?

LÉANDRE, *en l'entrecoupant.*

Oui, mais je ne peux m'empêcher, lorsque j'entre dans le détail.....

VALÈRE.

Quoi! vous doutez; votre incertitude est coupable! Comment, si le hasard a formé ces astres dont l'immensité nous étonne, leur a tracé la route qu'ils suivent sans jamais s'en écarter; s'il a établi cet ordre invariable des saisons, cette admirable harmonie qui règne en toutes choses, vous pouvez douter un instant qu'il ait aussi formé cette infinité de plantes, qu'il les ait classées chacune dans leur espèce; vous pouvez douter qu'il ait présidé à la croissance progressive de cet arbre, que c'est lui qui a fait mûrir ses fruits! Tenez, mon fils, goûtez cette poire; appréciez, en la mangeant, la bonté touchante du hasard.

LÉANDRE, *déconcerté, prend la poire, y fait une légère morsure, puis se couvre la figure de ses mains.*

VALÈRE.

Avançons un peu, mon fils; mais, que vois-je? qu'est-ce? Oh! je te salue, invisible et mystérieux hasard, dont la prévoyance nous a préparé un si charmant repas. *(Il tire une table bien servie, cachée derrière un tronc d'arbre.)* Ah! venez, mon fils, venez goûter avec moi les bienfaits du hasard; asseyez-vous à cette table, mangeons, ces mets doivent être délicieux.

LÉANDRE *tombant aux pieds de Valère.*

Ah! je ne vois que trop l'erreur profonde dans laquelle j'étais plongé! Vous vous jouez, Valère, vous vous jouez; arrêtez, de grâce, cessez de déchirer mon cœur; laissez aux regrets, aux remords, à la honte, le soin de me châtier comme je le mérite.

VALÈRE.

Relevez-vous, ô Léandre! mes vœux sont accomplis! ouvrez sans crainte les yeux à la lumière.

LÉANDRE.

Mais les passions, les plaisirs, comment rompre?

VALÈRE.

Ayez bon courage, ô jeune homme! Je vous

promets des plaisirs plus purs, des jouissances plus solides, que vous n'en avez goûté jusqu'à présent; confiez-vous à votre meilleur ami; croyez-en mon expérience: plus exposé que vous dans la profession que j'ai embrassée, j'ai toujours demeuré ferme contre les séductions du vice et les attraits des plaisirs défendus; mais aussi combien je rends grâce à Dieu d'une faveur aussi signalée; ma vie a coulé doucement, sans amertume et sans remords; la paix de ma conscience, l'estime de tout le monde, même des hommes pervers; et cette joie pure et sans nuage que l'on goûte à faire le bien, ont été ma seule volupté, ma plus douce récompense.

LÉANDRE.

Homme vertueux, c'est à vos pieds que je dépose l'humble aveu de mes erreurs. Vous avez rompu ces chaînes qui me retenaient depuis si longtemps sous l'empire du vice. O combien de fois le souvenir de ma première innocence ne m'a-t-il pas fait pousser de profonds soupirs! En vain je m'efforçais de l'éloigner de moi, il me poursuivait sans cesse, il ne me laissait aucun repos; en vain je m'efforçais encore à me prouver que Dieu n'était pas, tout m'assurait son existence; je ne pouvais faire un pas sans que la nature me dévoilât son véritable auteur; et la crainte de son terrible jugement, que je ne pouvais étouffer, mêlait sans cesse à mes plaisirs l'amertume et les remords.

GÉRONTE, *sortant avec transport de derrière un arbre.*

Est-il bien vrai, mon fils!

LÉANDRE, *tombant dans les bras de son père.*

O mon père! pardonnez, pardonnez à mon ingratitude! que de larmes je vous ai fait répandre!

GÉRONTE.

O Léandre! tu renais dans mon cœur! j'ai tout entendu, j'ai été témoin de tes regrets. Il m'est bien doux de t'accorder le pardon que tu désires.

VALÈRE.

O ciel! soyez béni!

LÉANDRE.

C'est à votre ami! ô mon père! que je dois mon

plus grand bonheur, le retour à la vertu. Le ciel a couronné ses efforts; je suis changé : ce n'est plus ce Léandre qui a répandu sur votre vie tant de deuil et d'amertume. Désormais, voyez en moi un fils soumis, reconnaissant, docile et jaloux de réparer ses écarts en remplissant de consolations tous les jours de votre vieillesse.

A l'avant-scène, au parterre.

O vous! qui vivez dans l'innocence, guidés par les conseils d'un bon père, profitez de mon expérience; ne m'imitez pas dans mes égarements, et tâchez de ne laisser aux hommes que l'exemple de vos vertus.

FIN.

Oui, c'est un Dieu caché que le Dieu qu'il faut croire.
Mais tout caché qu'il est, pour révéler sa gloire,
Quels témoins éclatants devant moi rassemblés !
Répondez, cieux et mers ; et vous, terre, parlez.
Quel bras peut vous suspendre, innombrables étoiles ?
Nuit brillante, dis-nous qui t'a donné tes voiles ?
O Cieux, que de grandeur, et quelle majesté !
J'y reconnais un Maître à qui rien n'a coûté,
Et qui dans vos déserts a semé la lumière,
Ainsi que dans nos champs il sème la poussière.
Toi qu'annonce l'aurore, admirable flambeau,
Astre toujours le même, astre toujours nouveau,
Par quel ordre, ô soleil, viens-tu du sein de l'onde
Nous rendre les rayons de ta clarté feconde ?
Tous les jours je t'attends, tu reviens tous les jours :
Est-ce moi qui t'appelle, et qui règle ton cours ?

Et toi dont le courroux veut engloutir la terre,
Mer terrible, en ton lit quelle main te resserre ?
Pour forcer ta prison tu fais de vains efforts ;
La rage de tes flots expire sur tes bords.
Fais sentir ta vengeance à ceux dont l'avarice
Sur ton perfide sein va chercher son supplice.
Hélas ! prêts à périr, t'adressent-ils leurs vœux ?
Ils regardent le ciel, secours des malheureux.
La nature qui parle en ce péril extrême,
Leur fait lever les mains vers l'asyle suprême :
Hommage que toujours rend un cœur effrayé
Au Dieu que jusqu'alors il avait oublié.

La voix de l'univers à ce Dieu me rappelle.
La terre le publie. Est-ce moi, me dit-elle,
Est-ce moi qui produis mes riches ornements ?
C'est celui dont la main posa mes fondements.

Si je sers tes besoins, c'est lui qui me l'ordonne
Les présents qu'il me fait, c'est à toi qu'il les donne
Je me pare des fleurs qui tombent de sa main :
Il ne fait que l'ouvrir, et m'en remplit le sein.
Pour consoler l'espoir du laboureur avide,
C'est lui qui dans l'Égypte, où je suis trop aride,
Veut qu'au moment prescrit, le Nil, loin de ses bords,
Répandu sur ma plaine y porte mes trésors.
A de moindres objets tu peux le reconnoître :
Contemple seulement l'arbre que je fais croître.
Mon suc dans la racine à peine répandu,
Du tronc qui le reçoit à la branche est rendu :
La feuille le demande, et la branche fidèle,
Prodigue de son bien, le partage avec elle.
De l'éclat de ses fruits justement enchanté,
Ne méprise jamais ces plantes sans beauté,
Troupe obscure et timide, humble et faible vulgaire :
Si tu sais découvrir leur vertu salutaire,
Elles pourront servir à prolonger tes jours.
Et ne t'afflige pas si les leurs sont si courts;
Toute plante en naissant déjà renferme en elle,
D'enfants qui la suivront une race immortelle;
Chacun de ces enfants, dans ma fécondité,
Trouve un gage nouveau de sa postériré.

Ainsi parle la terre, et charmé de l'entendre,
Quand je vois par ces nœuds que je ne puis comprendre,
Tant d'êtres différents l'un à l'autre enchaînés,
Vers une même fin constamment entraînés,
A l'ordre général conspirer tous ensemble :
Je reconnais partout la main qui les rassemble,
Et d'un dessein si grand j'admire l'unité,
Non moins que la sagesse et la simplicité.